泉 遥 歌 集

私の来た道

風の音

歌集

私の来た道

風の音

目次

——第一部——

――第二部――

風の音

第一部

I

新天地

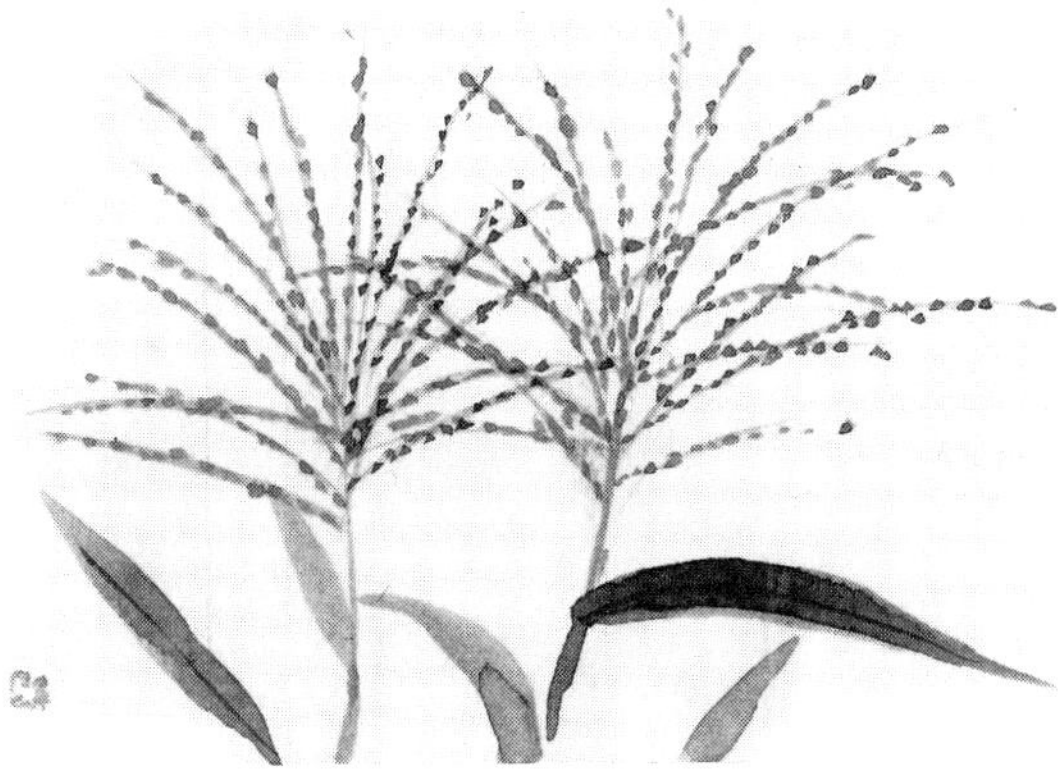

とんぼのめがね

赴任地へバスは登り行く　「次は栃の木でございまぁ〜す」
栃の木の大いなる枝その下にバスは停車し一人降りたり

新築の保育園舎の待ちいたり幼らはどこから通いくるやら

土手草を分けつつ登る家庭訪問　草履御幣餅《ぞうりごへい》*のくるみの香り

*草履形をした大きな御幣餅

五歳のたおやかな手をふりながら千里《ちさと》は毎日この道を来るや

あかき手をストーブ近くにかざしつつ「土筆でてた！」と話すおさなご

早朝に家をいで来し幼子のズボンの裾をストーブにかざす

保育園を休みがちなる宗吉が牛曳きて稲架《はざ》の向うを通る

角みゆる牛を曳きゆく宗吉を窓辺によりて園児ら見守る

鼻環《はなかん》に手のとどかぬ少年の牛曳かんとき後手《うしろで》に持ち

幼子は「おはよう」の声に駆けよりて泣きつつ訴う父母の諍い

手ばなしの大声で泣く幼子を宥めつつ私はうらやましくあり

村の人集り来たる運動会　園児ら踊る〈とんぼのめがね〉

八段のはざに稲束《いなたば》なげ上ぐるホイ・ハイ・ホイ・ハイ・夕暮せまる

八段の稲架杭《はざぐい》に背をもたせかけ手甲の母は乳を飲ませる

日当りの良きこの場所に八段の稲架の仕上がり夕陽の沈む

「先生をおどかしてやれ！」とこすもすに隠れた一郎の青き靴みゆ

こすもすの陰にたくらみ聞えきて私は驚く身がまえをせり

小学校《がっこう》のピアノを借りてツェルニーを弾く日曜午後の独りレッスン

ストーブの焚付けがほしと口にせばああよく日は枯柴を積みてあり

はじめて聞く方言なれば首かしぐ「*おそがいもんで、へぼしゃんじゃった」

＊「おそろしくて、しゃがみこんでしまった」

軽トラ《けいとら》ックの荷台に乗りて行きし日の茶臼山は萠えたつみどり

ふり返るたびにわらびの伸びているポキポキの音売木《うるぎ》*の風にのる

＊信州南部の地名

II

悲嘆の春秋

光の中へ

白き器に花びらひろげ香りたつ桜湯の見舞わが床にある

打てば高き音してひびかん月見つつ悲しき今日の終りを歩む

障害をもつ子のつぶやき聞かんとしいさ*先生は背《せな》をまるめる

*鈴川いさ先生

きしみつつ機関車止まる　顔出せる青年機関士のけだるき瞳

すれちがいざま折れるように石炭を入れる水色作業衣の青年を見し

ビニールを外し豊かに広がれる　苺田終う夕闇せまる

雨の中尾灯の赤きを返しつつ台をつらねて回送車すぐ

朝日の中にキラキラとして君ありきふいに会いたる小さき町の角

灯籠も紙雛も流す断ち切れぬわれが思い胸の痛み

山の端に白く浮きたる明けの月悲しみなべて知るごとく見ゆ

レース編みのふぞろ*なる日よこの吾が身いかにせんかと思いのめぐる

*飯田方言「ふ揃い」

もろこしの歯につく甘さかみしめつ事なく過ぐる秋にすがれり

音もなくドア締めて去りゆきし君がうつり香かすかにありぬ

人去りし部屋の温み冷えゆきてかっきりとかたき水色のドア

肌に冷たく木犀の香をただよわせ今年の秋は何事もなし

円く小さく拭いて私の窓とする紅葉《もみじ》に雨の降りそそぎつつ

灰色にけぶる野面にみえかくれ赤きこうもりさして女行く

原始的な音がなんと好ましい矢車は今朝いきおいまわる

ナイロン製の真鯉音たてて游ぐ五月の風は吾につめたし

歩み止め呼吸をととのえる坂道の昼顔はみな吾へ向きおり

六月なれど再び深く仕舞いこむ樟脳いたく浸し白のスーツ

きっちりと白きスーツを装いて六月の光の中へいでて行きたし

オーダーの服届きたりせめてもとハンガーに掛け平らに吊す

ひたすらに『大地』『母』など本を読む父の書棚の読めそうなもの

くり返し園児名簿をながめいるセーター姿の子らの駆け来る

体内に入りくる道を印すのか顔しびれたりストレプトマイシン《ストマイ》をうち

久びさに訪ねてうれしき夜の街　諏訪湖せんべい焼く香りする

レッスンを待つ間の吾をなぐさめし芙容は今年も芽をふいており

うすづきし馬場《ばば》のめぐりに溝蕎麦の花ふくらみてあふるるごとし

『ジャンクリストフ』の黒き題字を拾うごと尺取虫はけんめいに這う

姉からの送金を待ちいし吾ならばわが弟に早く送らん

成績をこまかく知らせる弟の厚き便りをくり返し読む

四歩ほど歩みて息を整えるこの苦しさを投ぐるすべなきか

心臓をいたわりてゆく歩の遅く若きら視線を吾に向けゆく

きのう今日汽車に乗って行く夢の先を知りたし快き朝

地の果てまで走らん汽車もしあらば最初の客と私はなりたい

山の便りに押葉のこぼれなつかしき子らと遊びし軒山《のきやま》の青

ていねいに便りを書かん師のもとで吾が遺品となるやも知れず

生涯を病床に伏す夢を見し覚ひの音を怖れ聞きいる

発作静まりしときは愉快なり保育の計画をノートに並べる

来年は砂場に屋根をつけようと発作おさまり思い描ける

保育園の仕事はもはや捨てておこう動悸激しく堪えているとき

ぐんと胃の重くなりたるようなりきアイヒマン*の処刑報ぜられし朝

*ナチス親衛隊中佐

死に向う特急列車に乗っているとカラカラと笑うかすれし声が

遠のきて又降りつける雷雨なり孤島の思いのんびり歌う

立ち枯れしダリアを焚くに音たてて炎立つ間を見つくして居り

しかたなく同調のそぶり　くすぶりつつ燃えゆくダリア

Ⅲ　心臓手術第一回

治りませんよ　これは

診察を終えたる医者はきっぱりと「治りませんよ　これは」と言えり

冷静な母と泣きたい私と医者を送りき頭《こうべ》をたれて

頭まで布団をかぶり園児らを思いだしつつ泣きねいりする

悲しみを見せまいとすれば声たてて泣くこともできず布団をかぶる

何ゆえに罰を受けねばならぬのか思いて涙・涙・止まらず

私　生きたい

さりげなく置かれていたる『週刊誌』もしや父の買い来しものか

心臓病は回復すると週刊誌は執刀中の医師*の背を写す

*榊原茂医師

読むほどに鼓動速まり身はふるえ「東京女子医大」への思いはつのる

死ぬために行くようなものと叔父言えり止めをかけたるも吾《われ》がためなり

何もせず死を待つよりも手術して駄目ならだめでよいではないか

景子が手術を受けると言っているから連れて行こうと父の声する

待ちあぐねし診察の日をゆるされて　飯田線の列車にゆられて

五十年ぶりの上京と言う父と「女子医大病院」をおとないぬ

診察を待つ間も長く受診番号九十三番夕ぐれとなる

日本中の病人は医師を訪ね来る生きたき人の順番つづく

病状をていねいに説明する医師の言葉を聞きいる心静かに

出産も保育の仕事もできますよ　あふふる涙に礼も言えざりき

入院許可の順番を待つ二年　ああ肺水腫くり返しつつ

緊急の入院許可の届きたり　ともかくも病院に着き安堵大きく

灰色のビルの谷間の一角にバナナ売りの黄色い木陰

入院はすれど胸は苦しくて「スグコラレタシ」の電報となる

おちついていると思いたしこの脈の異状に速い手術前夜も

親族の集まり不安顔並ぶその中にわが母の顔ある

ストレッチャーの振動背より伝いきて白衣のかげに母見えずなり

出征の兵士のごとく見送られ三階へ向うわがストレッチャーは

人工心肺は簞笥のように大きくてわが心肺とつながれるもの

ひとときをわれに代りて働ける人工心肺をつくづくと見る

白布はかすかに凹凸みせながらメスを被えり準備完了の手術室

手術着の医師大ぜい居る手術室十《とお》まで数えずねむりし私

酸素吸入器の泡だけが動いている快復室の沈黙が重い

ドレーンをぬき呼吸せしときはしる痛み確かに私は生きている

＊手術数日後

声紋うつくし

あれは姉　あの声は母　声こえの入りみだるるをただに見つむる

もうわたし死んだのだから見ていればいいと思いたり麻酔さめぎわ

返事などしなくともよくなった　楽になったと膝を抱きいつ

声紋の広がりゆくは美しと見つめていたり海底にいて

美しき総天然色の海の中にひそみていたるは私ひとり

父の声ひときわ太く声紋の弧を広げいる海の表面

父の声にひっしに返事をした私　海の中は美しかった

目ざめれば夕陽さしこむ快復室　親族の顔そろいていたり

Ⅳ　命生きて

テナーの冴える

勤め終え集いたる人みな笑顔これからコーラス始めんと

稲田よりバイクで来たと日焼けせし人のテナーの冴えいる夕べ

交響楽団《オーケストラ》に合せ歌わん「レクイエム」夜の練習おだやかなりき

百人で歌う合唱に参加せん　ドイツ語をくり返しつつ大根きざむ

私のアルト音もとけこめり第九合唱の仕上げ近づき

雪しきりなり

成人の祝の余興を見に来たり　小布施の町は雪しきりなり

雪降りつづく小布施の通り栗汁粉すすめてくるる声のやさしさ

栗しるこほのかな甘味と温もりを幾年経ても想う寒き日

あれもこれもまるくまあるく雪を盛り小布施の郷は音なく暮るる

大太鼓今もひびける胸の内　モンブランとろける白き喫茶店

奥の細道

学び多き人に従いて読み進む『奥の細道』はるかなる旅

古典の読み合せのある日なり　園児らの声かろやかに聞こゆ

松尾芭蕉《芭蕉》の書きのこしたる一言《ひとこと》の意味は大きと知りたるこよい

子どもらの言い争いも笑って見守る今日は読書会のある日なり

君の読む古典はすらりとわかりよくぼやけしものを確かにもどす

遥けくも

寒空の月によりそう二ツ星　母を慕う幼子に似て

二ツ星に何を語りしか　濃紺の嶺に入りゆく十三夜の月

高速のバスを降りればほ暗やみのきりり静まるふるさとの小道

喧騒をのがるるごとく揺られ来し山の端に月・星の語らうを見き

高速道に連なる壁を伸びいでる銀に輝く常念岳《じょうねんだけ》の頂き

伊那谷をめぐる山やまどこまでも等間隔に鉄塔たてり

遥けくも送電線はのびゆけり峰の向うに人の住むらし

夕陽あび伊那の山なみ静もれり鉄塔にそいて歩みゆきたし

コンドルの唄

地下道より抜け出でくれば人数多行き交う街にケーナはひびく

街角に独りケーナを吹く人は帽子ポンチョも異国のかおり

新宿の人なみの中ゆるやかにケーナのひびき街を浸しぬ

雑沓を知らぬ大きな翼なり草原わたるコンドルの唄

人びとの頭上を流るるこの響き　草原の風・香り携え

ゆびにつめたし

床の間の芍薬開く大輪の白く清きに身を正し見ん

夜の内に音なく散りし花びらの積み重なりて指につめたし

忙しなきとき

「忙しない嬉しいとき」ともも畑に日焼けせし友笑みつつ言えり

早朝にもも運びこまれたる選果場・桃色に染み動きだしたり

男らも声高《こわだか》になり収穫の嬉びは今ここに満ちたる

ももを乗せてコンベヤーが交差するその下くぐり合図の声とどく

買い求め贈りたき人ら並びいる選果場に笑顔の満てる

コンテナに並んでいるももあれもこれもほほえみかける買いたき私に

もも畑の作業は冬の間から　早春はなお忙《せわ》しくなりぬ

一年をかけて育てしもも白桃《はくとう》　選果場を染めて旅立つ

薔薇を盛り上げ

同僚の寄りて設えし結婚式　水なら若葉にばらを盛り上げ

同僚に見守られて式となる　記念の品にと贈られし漆ぬりテーブル

新居からバイクと自動車の走り出る朝のせわしさ覚えつつ

二人とも書籍の多く一室は本とオルガンにとられたり

美麻*より父訪ね来し硬大根《だいこん》の糠漬を己が作りしとみやげなり

*美麻村

間《ま》のありて小さく泣きし産声をほろとして聞くうつらの中で　*男子誕生

杭を打ち竹切り出して鯉のぼり建てなければと設えくれし

碗豆のつる縛りいる手に遊ぶ幟の影は行ったり来たり

朝ごとに子を送るのは夫なり迎えは私のやくめと決まる

よろしくねじいちゃんばあちゃんミルクの瓶は消毒すみよ

飲み終えてワッと泣き出すこの子には量をも少しふやすがよかろう

持ち上げて何でも口でたしかめる幼子まるごと柔きかな

ようやくに一人で立てた嬉しさを自分でほめて拍手しており

踏み出して「これを見よ」と言うように笑みをそろりとなげかけてこし

すべからく

図書館の朝は静かなりひそやかに整頓されし本と向き合う

静かなる朝の図書館とりすまし並びいる本みなわれのもの

音もなく並びいる蔵書すべからく音訳したいと館長言いし

如何にして「メロス」の念い伝えんか音読しあぐね夜半となりたり

時代物以外も読まん『天の園*』『大地の園』はわが愛読書　*打木村治著

十二册音読仕上げ心充つ夕餉にグラス二つを冷やす

マイクロフォン《立てマイク》と機械六種を並べたり音読始める自分操作で

雑音が入らないのは夜中なり　ああ救急車が近づいてくる

一月一日生れ

「元気だな！」医師も驚く産声を大きくあげて女児[*]の誕生　＊第二子誕生

松飾り持ちて見舞の人来たり　この子[*]は一月一日生れ　＊一月一日二時生れ

産休明けの乳児《ベビー》の保育をも引き受けてくるる園*のありがたきかな
*あすなろ共同保育園

「這いはいができましたよ」と園からの便りがうれし夕べ読み合う

つかまりて片手はしごとくり返す匙《スプーン》の引出しついに空なり

伝い歩きティッシュを出して遊ぶ子のしんけんなればそっと見守る

祭り笛聞えてきたり幼子は押入れに入りて出でて来ず

お迎えの車の中は楽しかり〈キラキラ星〉を英語で唄う

敷地造成　花蘇芳

田のつづく農地のすみの竹藪をたおして敷地造成すすむ

造成中の土地の広さよ吾が家の建つとうその日の待ち遠しきよ

造成中の土地の隅に一本の花蘇芳を植え友はほほえむ

家が建つころは咲くと笑い顔　花蘇生を植えてくれたる友は

土地代を振り込みにせんと思うのにこの手で数えたきと言う地主

鴇すだつ

寄せかけた梯子を登るそのときも双眼鏡を手放さぬ人

六歳《とせ》を見守りし鴇今日巣立つと双眼鏡をしばしも放さず

鴇巣立つ　声かけがたし朝夕を分たず見守り続けたる人に

双眼鏡を放さず鴇を追うひげ面　涙に頬をぬらしほほえむ

両翼を存分に広げ鴇が飛ぶ青き空にとき色透かし

ゆうゆうと鶚は頭上を旋回す双眼鏡をにぎり直せり

鶚舞える列島の空広がりぬ〈オスプレイ〉の轟音はいらぬ

仲間ふえ入り乱れ舞う鶚を日本の空に描くはうれし

願いはひとつ

暑き日に十七万人集まりて「原発０」の思い募らす

願いはひとつ十七万人集まりぬ　片隅に報ずる今朝の新聞

懲りもせず再稼働の声をあぐ放射能汚染水よどむ列島

原子炉の爆発してより二十と九年かチェルノブイリに荒野の続くと

二箇所から四箇所となり汚染水の漏れいで海に流れ込むとは

この花《グラジオラス》は黄なる花弁を巻き上げてしゃんと立ちたり朝露の中

猛暑日は十日つづけり百日紅そしらぬふりで枝満たし咲く

監督の指示仰ぐべく走り寄る球児らキリリと眼を見開きて

家を建てる

つつましく暮らし来て建ちしこの家の隅からすみまでああいとおしき

いっさいを委ね時どき見にきたり信頼できる棟梁に会いに

二人には力の限りの仕事なれ三千六百万円の大事業なり

柱拭き床ふき壁ふき畳拭き　忙しかれども何やらうれし

踏み込めば桧の香り立ちこめるこれはわが家ではないかも知れぬ

田にかこまれ建ち上がりたるわが家なり　ほたる舞い込む二匹三匹

蛍おい子らのはしゃげる我家なれなじみきれぬ窮屈さあれど

月づきにローンを払う夫なれば私は学費・食費を守らん

未満児保育　(1)

公立の三歳未満の保育とは二歳児の保育と思う人多し

未満児は三歳以下の子どものことと知りぬ保育士となりて

われが子は己の手にて育てたしと若き保母らは揃いて言いき

その父母にあずけてきたから大丈夫と一人子持の保母は言いたり

二人目を産みける保母は私立の園へあずけてきたりと小声

*私立保育園

祖父母らの身になれば二人三人の幼子はひきうけきれぬとも思う

子は一人のみにすればと発言あるを悲しく聞きぬ　これはいけない!!

二・一・零歳児の保育を勧めねばならぬ　助けてくれし保育園を思う*

*あすなろ共同保育園

料理店の親は生れくる子も共にたのむたのむと切実にして

二人目もぜひにたのむと身重なる人は来たり夕ぐれの園に

お米は何合洗えばいいのかと二年生の息子の電話

For You《あなたへ》

見に来てねぜったいだよと書き添えて運動会の子のプログラム

ダンスには自信満満の男子なり走りの遅きは見ぬこととして

子どもたち百二十人打ち揃い生き生き踊る学年ダンス

秋晴れの庭いっぱいに広がりて二年生が踊る〈I wish For You〉

V

娘の舞台

荒馬座・水俣ハイヤ節

二人していそいそと行く九州への旅明日の娘の舞台を追いて

父母の不安を宥め入座せし娘の打ちならす〈秩父屋台囃子〉

腹底にずんと響ける揃い打ち乱るる音の一つだになし

乱れぬはたがいの呼吸を計りつつ連打するゆえと娘は語る

一点を見すえて弾ける三味線の吾子と思えぬ速さ確かさ

総勢の次つぎ舞台に踊り出る娘の唄うハイヤ節*にのり

*二千一年水俣ハイヤ節

蛇皮線のリズムに舞台は華やぎてエイサー踊りも激しあかるし

歌声にのりて翁も車椅子あやつり踊る水俣ハイヤ節

これが楽しみ

扇風機をひきよせ新聞の〈歌壇〉読む隔週木曜日のこれがたのしみ

この人もこの人も馴染の作者なり姿ものごし見ゆるがごとし

短歌欄のなじみの作者を捨い読む選評もよしなるほどなるほど！

そうなのか　なあるほどと感じいる三行の選評に盛られしことば

次回には私も投稿せんと思いつつのばしのばして未だ不参加

晩秋の風

仄青《ほのあお》き山脈《やまなみ》の裳裾霧白くたなびく辺り天龍の川

天龍川の川霧段丘をのぼり来て銀色たちこむる伊那谷となし

桑も茶も果実も数多育みつつ天龍川霧銀色に漂う

柿の花一夜の内に散り敷きぬ見つむる傍えにまた一つ落つ

固まりて押しあいて生る柿の枝しなりて土手の枯葉草《かれしば》に会い

納屋の窓開け放されて何千の柿吊し干さる晩秋の風

風越山《かざこし》の頂こえて雲はゆく今朝七本の傘広げ干す

山裾の採りのこされし柿の実は冬枯れの野に花と光れる

白馬岳《しろうまだけ》迫る

雲垂るる今朝一輪の寒椿うす紅色にひらいておりぬ

深く眠りいまだ目醒めぬ姉なれば椿のように笑ってほしき

雪かむりし白馬岳が悠ゆうと見おろす病室に臥せいる人よ

きのう今日雪に尖りを増して立つ白馬岳が迫りておらん

身をかがめ話しかけたる兄なれば一時なりとも目醒めてほしき

ひたすらに眠りつづける人なれど目醒めしときにと花の水替う

山の裾白馬おろしは吹きすぎぬ人声野太くひびき合いたり

五年間眠りつづけ身の細りたる人は逝きぬとうとう逝きぬ

ゆだねたるとき

どの人も得手はあるもの美容師の一人はやさしい指さばきなる

寒がりの私と知れば早速にゆたんぽを膝にのせる気配り

わが思い察して語る美容師に髪も心もゆだねいるとき

手際よくやさしいタッチの洗髪にわだかまり晴れ冬日を歩く

心まで洗い終えしか軽くなり団子のみやげ買いたくなりぬ

かんばしき

さみどりの葉のでそろいて吾をさそう青紫蘇巻《あおしそまき》を作る季節《ころ》よと

味噌をねりしそ〵の葉えらび巻き上げるあとはそーッと焼くがこつなり

噛むほどにぷちんと胡桃の味のして青紫蘇巻のかんばしきかな

手間ひまをかけて作りし青紫《し》蘇《そ》巻を家族がうましと言わぬが不思議

白飯に青紫蘇巻を添えたるを私が一番喜んでいる

VI

心臓手術第二回

人工弁

弁がまた詰まってきたから今の内に替えると良いと勧めくれたり

主治医の勧めに従い二回目の手術を決心したる秋の日

天皇の体調悪しきニュース聞き私の検査はまだまだ続く

置換する人工弁を示しつつ「あなたにはこれを…」と説明*ありき

*森本医師

米国に先に特許をとられたと無念を私に訴える医師

輸入品なれば百万円かかるよとわがために嘆きくるる医師は

人工心肺鞄の中に納まれり二十七年間の医術の進歩よ

いつの間に手術を終えしか人工弁になりたる吾は呼ばれて醒むる

両側を支*えられつつ「歩きます！」一歩二歩　快復室まで

＊森本医師・管間医師

手術後は早く立つ方が内臓の納まりがいいと説明を聞く

八時間かかりしことも知らずして目醒める幸せを吾は知りたり

われの読む歌誌『原型』を貸せと言い借りてゆきたり森本医師は

快復室《このへや》で発熱となり水枕・みかんを持ちて眠りにおちる

大学を休み見舞に来てくれた君のみやげの赤きラジカセ

六人の部屋の一隅イヤホンを頼り　テ*ープを聞きつつ眠る

＊銀河鉄道の夜

レモン添え〈レバー料理〉を運びくるる弟夫妻は鉄分採れよと

かけっこだ！近くの幼稚園《えん》の運動会マイクロフォンの燥ぎ声聞ゆ

びりの子を励ますことば園長のマイクの声かけやさしく響く

雪の舞う中央道を帰り来つ　夫と弟に守られながら

三月《みつき》わが留守を守りし中学生二人の顔に迎えられたり

渡辺さんが「コロッケ作って来てくれたよ」「よかったね」と涙こぼるる

「一生使えます」と言われた日より三十余年　夫の看病できました

「二度目の手術をしてよかったね」主治医は今日も笑みかけくるる

すすきなびく

立ち止まり十五夜の月を仰ぐなり葱の影の並ぶ畑道

明けやらぬ空にくっきり下弦の月　こぼれたるごと金星光る

鍬持てば杖代りよと畑に出て葱掘りくるる八十八歳

あと三年で息子が帰ると家・屋敷を守る八十八歳の人

人住まぬは哀しきまでに静かなり広き屋敷に白菊の咲く

「曽祖母《ひいばあ》であります」と笑み自己紹介する九十二歳　園の参観日

田植えする人なくついに草田なり暮れて薄のしろしろなびく

口笛をふきつつ人はこの土手で犬の毛繕いして帰り行く

道の辺に糞のこしゆく飼主が「犬は家族よ」と声高に言う

ランドセル背負いてはしゃぐ少年に安保関連法はいらない

氷上の広き舞台は君*のもの躍れわたしの思いものせて

＊羽生結弦

草香りたつ

道具など磨きて待てるオーナーは休耕田を救わんとして

休耕の田に根を張る草引きぬこうせめて大豆の稔る地にせん

田も畑も持たぬ私が種を蒔く空と土の広がりの中

猫じゃらし蚊屋吊草にすすきあり田でありし日の百草《ももくさ》きおい

田の底に敷かれし石の多かりき積み上げられて小山となりぬ

豆蒔くは五十センチ離し二粒づつ置くがよろしと教えられたる

長き畝のはしまで蒔かん〈つぶほまれ〉揃い芽を出す日を思いつつ

ふり向くに蒔きたる種に土かける友のハミングかすかに聞ゆ

田の畔に腰をおろせば火照身にひやり冷たく草香りたつ

蒔き終えた田の広びろと閑かなり芽吹かんための覚悟をしているか

〈つぶほまれ〉味噌となりて香りたつわが家の朝餉にほほえみの満つ

Ⅶ　改築工事

改修増築工事

家を囲い高だかと組む足場なり改修工事は凄まじきかな

上下なる二世帯の家にせんとして太く長き梁を入れたり

工事費を二千四百万円工面せり　仕上らぬ内に引越して来つ

二世帯の住宅となりしその日に孫が生れると言うを聞きたる

下に住むわれらは足音聞き分ける　あれは息子・礼子孫の力足

盥ならぬ衣装ケースに湯を入れて子の母は0歳児の湯浴する

広げたるタオルの上で柔らかき赤子は手足をもそと動かす

下に住み時に聞こゆる泣き声ににんまりわれら顔見合わせる

白い歯ひかる

五年生は学びし〈春はあけぼの〉を祖父の書棚に見つけしと告ぐ

『枕草子』『萬葉集』を手にとりて帙《ちつ》入りの本もあるに驚く

イチローにそっくりだよと声をかけられ野球少年の白き歯ひかる

祖母・母を見送りし友その夫も亡くし無口になりて絵を描く

イヤホンをつけてむっつり歩みくる少年吾に会釈して行く

早退かうつむき帰る中学生に嬉しきことを一つあげたし

カレンダーの裏紙をそろえ書き急ぐつくりかけなる短歌二・三首

錦織圭《にしこり》の鋭きストローク観客の見守るコートにびんと響けり

Ⅷ　右手首骨折

握力ゼロ

掃除機のコードにかかり転びたり手首骨折声でぬ痛さ

当番医へ向う車の中にいて痛くて泣けり子どものように

右腕は腫れて肩まで熱を帯ぶ「握力ゼロ」と診断されて

ギブス巻く手順の良さに見とれたり白い棍棒のようなわが腕

ギブスもて右手をしかと固められ暮し方を変えねばならず

炊事掃除・文字を書くのもままならずひたすら本を読む時間《とき》得たり

何分も着替えにかかるもやらねばと早起きをして左手たよる

左の手主役となりてとまどうに口・肘・足がそれを助ける

ペンとれば左手はもうほどのよき圧もて紙をおさえて待てる

右の手の役の多くをになうべくわが左手はすかさずのびる

米計る手の不自由を助けんとわが左手ははや構えたり

リハビリに通う日びのドライバー二十五分を夫に守られて

治療中の三十分はドライブと夫は楽しげにうふふと笑う

文字が書け運転ができるを目標にリハビリに通えり二十と四日

Ⅸ　十打十色

今日その日

鳴りわたる三十の太鼓はたと止む　〈荒馬座〉創立五十周年

光あび技と度胸をそなえけん舞い歌う娘をただに見つめる

両手もて同じ強さで太鼓打つそのために娘は左手で食事す

観客の千八百人の一人われ太鼓一打一色を聴く

会場をふるわせ響く大太鼓　連打となりて十打十色

今日その日五十周年　みがきたる技きびきびと舞台はなやぐ
それぞれの楽器《ねいろ》掛け合うほどの良さ　このひとときに心は足りて
のびやかに歌う娘に心ゆれ千余の観客にまぎれ拍手す

樟の木に会う

川越の〈北院〉の巡り農地にて冬期の今はゆったり休む

田の文字の正にそれなり平らかに広く四角く田は並ぶなり

広き田の連なる一角よりきこゆ〈風の子保育園〉の子どもらの声

天をつき並ぶ校門*の樟の木は百五十歳の葉をひるがえす

*川越高校

樟の木の描*かれしより百五十年世の移ろいを見守りて立つ

*『大地の園』より川越高校校門

つつましく受く

雪空にスノーボードは宙返り揺るがぬ着地ののちのほほえみ　＊平野歩

スノーボード冬空に舞い確実に降りきたるとき少年の笑む　＊平岡卓二

小がらなる宮原知子氷上にのびやかに舞う笑顔をみせて

突き押の隙を見せぬ御嶽海　懸賞金をつつましく受く

駆足にてもどっていくかあのころへ〈共謀罪法〉通過せし冬

戦争法の反対を説く青年らにわれは手をふる通りへだてて

老人の戦争法の反対を呼びかくる街に署名をしたり

ランドセル背負いてはしゃぐ少年に戦争法を遺してはならぬ

坂道をさわがしき音轟かせバイクの君よ憂さは晴れしか

枝深く払い落とされし樫の木は背のびしている天を目指して

樫の木は二百余年の枝払われ幹の組みあうObjet《オブジェ》となりぬ

雪すだれ　若竹会

それぞれの生い立ち秘めて集い来し幼き日びを語りてつきぬ

今年また故人となりし友ありて先ず友らへの黙祷捧ぐ

病む妻の看護の日より放たれしとやんちゃだった友あかるく笑う

同罪の我らを庇い一人だけ叱られていた友に侘びいる

横なぐりの激しき降りは〈雪すだれ〉君の呟き聞きつつ歩む

四十年会わなかった人に会いまた別れゆく雪すだれの中

枯木かと見まがう木木の見えかくる雪のななめに吹きくるかなたに

雪やみてうすら陽のさす山肌に靄ゆるゆると昇りゆきたり

夕茜さすまで

徒長枝を棚に添わせて結ぶあり夜明より一人茜さすまで

鶺鴒の細き足はつつ・つつ・と速足でわたる舗装道路を

腰のばしウォーキングする足もとにおりたち鶺鴒われを追いこす

幼き日兄と食べし蜂屋柿きみに送らんと荷作りはじむ

積み上げし雪のその下古葉巻くクリスマスローズの花咲きいたり

青く光りつつ氷に埋れいる秋刀魚口をすぼめてわたしをにらむ

冬枯の野の赤き色はアクセントこれもあれもすかんぽの株

暮れおちて夕べの闇に浮き出たる白きはブルーベリーの花か

包帯は冠とも見え氷上の人*ころびては立ち踊りきる　*羽生結弦

夕暮の野花わずかにゆらぎたり白き撫子わけて清しく

土手焼の煙の香りのこる夕べ点滅しつつ飛行機の行く

風の音

第二部

Ⅰ　春の広がり

天龍川《てんりゅう》へのぶ

段丘に梨の白花咲き初めぬ雪の仙丈岳《せんじょう》と笑み交すごと

真白なる花絨毯は目の下の天龍川《てんりゅうがわ》までのびてをゆけり

仙丈ヶ岳《せんじょう》の雪解けはじめ縞目みゆ伊那の谷にも春のおとずれ

腰かがめ透かし見したる果樹園は花のたなびく春の広がり

砕石の敷き詰められし駐車場ま中にたんぽぽ黄に咲きいでぬ

三日目に風船葛は芽をだせり競い弾けたるもの小気味よし

鉢植えのぶどうを土におろしたれば仕事と夢はまたひとつ増ゆ

一年に一度だけ咲くコスモスの種をまきて手入れす今年も

父母ねむる

山門の枝垂れ桜に風もなく清しき朝に母を送りぬ

回廊にそいて育ちし梅古木《こぼく》小さき枝いで二つ三つ咲く

梅・さくら古木となりてそれぞれに支えられつつ父母眠る寺

洞《うろ》となり向うの空の青見ゆる梅に支柱をそえし御寺《おんてら》*

*正永寺

芍薬の蕾の割れ目色のぞきいつ咲こうかとまよいいるらし

真直なる茎につつましく這いのぼりもも色ねじ花机上を鎮む

ねじ花のもも色卓にあどけなしわれの思考をやわらげるごと

鉢植えのねじ花すくっと立ちあがり共に歌評を聞きいるらしも

わが友

さくら草ぼたん色して咲きはじむ菫の末枯れはじめたる畑

ふき・みょうが・よもぎにみつば・あおじその芽を出す畑はわれの友だち

門に添いつるばらの紅咲き始むわたしの待ちたる六月の朝

鉄棒を高くはなれ回旋し小柄なる君*の着地みだれず

*内村航平

体操は技に加えて美的なれと気力ゆるめぬ内村航平

見はるかす山脈《やまなみ》かくせる春霞　街はおぐらき谷間とも見ゆ

塩見岳に黄金の雲かかれるを植田の映す早天の風

黄金の雲映ゆる田にゆるる稲この一年を予測すること

一等席

読み疲れ顔を上げたり窓ごしのさくら満開さわさわゆれて

目の前の窓いっぱいに花ゆるる飯田図書館の一等席ここは

赤門の大樹のさくらは枝をのべこちらの窓よりさわりとのぞく

わが友の癒ゆるを切に祈りたり葉桜の道を通りぬけ来て

リハビリに打ち込む竹刀の鋒《ほこさき》に紫すみれよりそいて咲く

さすがあざやか

朝なあさな壁の汚れをふやしつつ燕ら運ぶ泥・わらなどを

親つばめ壁につかまり羽ばたきす泥わら付けて巣作りせんと

私を警戒するか　戻りたるつばめの旋回さすがあざやか

留守の間にポーチの壁に長ながとつばめのよごした形跡のある

幸運のしるしと言えどもこの汚れそれとは遠く思えてならぬ

姿よき燕も今日は大嫌いわが郵便受けを泥まみれにする

静かなる朝の水張田つばくらめ囀りて飛ぶ五・六羽がほど

今日植うる田なればいまのうちに遊べ燕ら水面《みなも》をかすめ飛びかう

渦潮の海と

漁終えし船が舳先を向けてくる揚げ場作業のいよいよ忙《せわ》し*

*淡路島にて

漁船から手渡さるるトロ箱の魚身をくねらせて水しぶきあぐ

競り台に置かれ魚なお跳ねる買手の目差し真すぐに受けて

漁船着き活気づきたる揚場には叱られているような競り声がとぶ

競り声が太く響ける魚揚場今日一番の華やぎのとき

トラックに魚積みやりて息を吐く　男ら無言で揚げ場洗えり

跳ねながら淡路大橋を渡りゆくか渦潮の海と別れをしつつ

あそこにも・それここにもと声あがる鳴門渦潮船のめぐりに

II

ああ崩れゆく

柿の枝《え》ゆるる

つやめける葉陰に白き花抱く柿の枝ゆする六月の風

音もなく真白き柿の花おちぬ弾みころがり位置をきめたり

柿の花落ちたるあとに小さき実が首すくめおりみどりの葉陰

手のひらに並べ見ている柿の花四辺カールに中はクリーム色《クリーム》

見るほどにひとひらごとにカールして神の戯れ白き柿の花

紐を通し首飾りにせし遠き日よわれもわれもと懐かしみあう

柿の実に見られつつ振る竹刀なり鋒先の雲は笑い顔のよう

梨の花の白き広がり　よきことのありそうな伊那谷のはつ夏

幼子のスキップをする足元にまとわりて躍る梨の花びら

朝の陽のやわらかき空に透くような白き満月心もとなく

柿の花まろべる日陰に立つしばし胸のつかえの軽くなりたる

凱旋のごとく

ほっそりと流線形の翅を光らせてまなかいを過ぐ御歯黒とんぼ

眼の前をひらひらと舞う黒揚羽何年ぶりか忽ちきえたり

三時間かけて麦わら帽子の人畑に散水す濡れそぼちつつ

紫に光るなすびをかざしやり夏の野菜はこれで終りと

採りたての九種の野菜をもらいしよ凱旋のごとく積み上げ帰る

予報士の恐縮

列島は猛烈な暑さと予報士の恐縮しつつ今朝も伝える

猛烈な雨とキャスター説明すヘルメット押し上げマイク抱えて

雨に打たれ風にざわめくポプラの葉街灯の明りを受けて煌めく

つややかな若葉揃える茶畑が豪雨に打たれ　ああ崩れゆく

猛暑なりこのひと降りの雨を受け眉間の皺の少しゆるみぬ

酷暑の夏へ

家内《いえうち》にこもり暑さをやりすごす　郵便配達のバイクが止まる

家ごとにバイクを止めて郵便を配達する人に木陰のやさし

配達を仕事としている君なれば酷暑の昼へバイク引き出す

いっぱいの水を断り郵便の配達員はバイクに戻る

炎天下に平然として木槿咲き疲れし人らに日陰をつくる

郭公のアルト音は木の上に今日のめぐみのごとひびきけり

丈高き杉のとりまく境内に郭公の啼く身をつつむごと

一日の終りを告ぐるか郭公の啼くを聞きつつ農具を洗う

しばし忘るる

女日芝《めひしば》のそよろ清しき絵はがきに三十五度をしばし忘るる

なやみごと一つもなきか梨棚の上に浮く月白く透きたり

樝子《さんざし》の枝広がりすぎと気遣いて友は杖つき門に佇む

降りつけるマウンドの真中噴きだせる投手田中*のウィニング・ショット

*田中将大

体操の団体も個人も金メダル　はじめて見せたる内村*の笑顔

*内村航平

Ⅲ　幼きころに

軍人勅諭

木に登り見なれぬものを見てしまいし七十余年前の怯え忘れず

若者ら一斉に唱う太き声軍人勅諭の条条だった

慰問袋を作る白き割烹着姿がありき役場の広間

当番の母は子を負い吾をつれ慰問袋を作りに行きぬ

手づくりの〈やなぎかりんとう〉を小分けして慰問袋に入るるはわが役

金物は残らず出せと知らせ回り不安募りき子どものわれも

朱塗りなる母が箪笥の把手まで献納せよと知らせ回りき

縒り紐の把手となりし朱箪笥《あかたんす》に部屋の隅からじっと見られて

学校のストーブの薪は学童のわれらが負いき人手足りねば

身体《からだ》の見えぬほどに薪を積み六年生は足ふんばりぬ

疎開児童の荷は小さめにするように教師ら話しつつ薪束ねいし

六年生を見失うまいと急ぎしよ薪を背負いて下る夕ぐれの道

背負子《しょいこ》にくくりたる薪ゆらしつつ学校に向き歩みし日びよ

ゲートルと言うをはじめて巻く父の手元をかの夏見つめておりき

ゲートルを何故に巻くのかと問うわれに母は答えき「忙しいからよ」

ゲートルを巻き自転車を漕ぎて行く父を見送りきエプロンの母と

奥山の畑にて桑の皮をむき陽の沈まぬ内に背負い来たる六年女子は

桑の皮を背負いて下《くだ》りくる六年の女子は声もかけずにわれらを追い越す

山ぎわに横になりて道開ける六年女子が桑の皮背負いて下る

桑の皮を何にするのかと母に問う　軍服にするらしいと聞きておどろく

大根をきざみて麦と共に炊く朝食は悲しかりしよそれでも食す

薩摩芋ならいいのにと思えども芋はないのだ　戦地行きか

夜なべには家族が寄りて芋の葉ちぎる茎は明日の御菜にならん

ポケットから引き出して食す柿の皮ほんのり甘くうれしかりけり

夕ぐれに雨となりたる坂道を牛乳を抱え泣きつつ下りぬ

山羊の乳絞り幼のミルクとす足しにせんと母は忙しき

敗戦の日

庭先に正座で玉音放送を待ちき八月十五日　暑かりき

農良着の男ら寄り合う中ほどよりふわふわと聞えし玉音放送

地に伏せる男ら声を押しころし泣くを見つめし六歳の夏

敗戦を告げられしあの日大人らの神妙なるが訝かしかりき

献納するように、供出せよ、みな出せ、と回覧の文字かわり敗戦となる

映像の山の斜面の屍は軍人勅諭を学びし人らか

駅前の柳の元を忘れない片足で立ちつくす傷病兵と募金箱

あの角に車が見えたら隠れよと進駐軍の過ぐるを待ちし

Ⅳ 秋日和

ゆうらり　ゆらり

種つきのたんぽぽの綿毛浮きいでぬくもの巣払う手をすりぬけて

たんぽぽの綿毛は蜘蛛の網のがれゆうらりゆらりまぶしき空へ

小さき種しっかり付けて飛ぶ綿毛蜘蛛の巣放れ光の中へ

白き繭なんとなめらかなこの楕円　糸一本で成したる技とは

糸をはきひたすら繭を成す蚕　われらは叶わぬ大いなる業

長びける風邪を治さんと通い来る花のたくさん咲ける病院

星見会もおしゃべり会もキャンセルし点滴みている秋日和なり

点滴の治療終えたる身は軽し視野に紫式部しだるるが見ゆ

母の針箱

たらちねの母の針箱サフランの彫られてありきイキイキと見ゆ

サフランの芽生えて並ぶこの砂地この場所でじっと冬を耐えいし

サフランのあわき紫ゆるる庭母の笑顔に似たる静けさ

布切れを大切にせし母にして雛の布団をたのしみ縫いいし

ゆりちゃんの着物の端切《はぎ》れと言いながらお手玉三個つくり上げたり

母のかたみ

新聞の〈天声人語〉の切抜が母の形見のバッグよりいず

形見の鞄の中に見つけたりソルジェニイツィンを称える切抜き

変色し漸く見ゆる記事《コラム》のソルジェニイツィン読んでみようか

図書館の書庫より取り出しくれたるはソルジェニイツィンのぶ厚き一冊

壮烈なロシアの冬よ〈おびえつつ石炭運ぶ〉を胸押え読む

百二十人のオペレッタ

指揮棒を見つめる子どもら二年生　オペレッタ始まる覚悟の姿勢

二年生百余人のオペレッタゆれつつうたう自信にみちて

嬉嬉として百二十人のオペレッタ　指導せし人の力量おもう

両の手をふり上げ踊るようなりき指揮する人も楽しげなり

オペレッタのリズムくり返しつつ帰る一人だけなる車中にて

三番叟のころ

連れ合いを亡くしたる友は暇あれば人形浄瑠璃の衣裳縫いつぐ

返し針もて縫い上げし衣裳なり友の手離れ三番叟舞う

背には窓を裾には襠《まち》を人形の動きの出せる衣裳仕上がる

手縫いなる衣裳をつけし人形はせつせつと母子の別れを演ず

四十年娘帰るを待ちつづけ白髪《はくはつ》となりたる横田さん　ああ

和装の紳士

同僚の登山家たりし君は今日和装にて訪ねきたるはや

腰痛にベルトは不向き帯ならばと着物姿の紳士なかなか

腰痛と闘いし君の和装なり黄みどり覗く衿元の粋

信玄袋《ふくろ》さげ和装の君の訪い来たり登山家のころの厳《いかつ》さのなく

和装なれど運転をして帰りゆく　みやげの高遠饅頭《まんじゅう》ほのあたたかき

失いしもの

棟梁のまなでし逝きぬ　空ろなる心のすき間を秋の風ふく

腕の立つ大工と言われしA君はアスベストに因る病に倒る

棟梁となるべき人を育てたるA氏逝きたり肺癌病みて

マンションの改修工事終えB氏も逝きたり肺癌と言われ

ヘリコプターの発着所と言う沖縄の丘や森に見ゆる地面は

Autophagy

やさしさは身よりいずるものにして大[*]隅教授のおだやかな笑み

*ノーベル賞受賞大隅教授

笑顔もて〈オートファジイ〉を語るひと人工物の原子力を嘆く

紅葉《もみじ》なす枝を指しつつ語りたる〈オートファジイ〉の力を称え

実験ではとても厳しい先生と研究生は真顔で語れり

賞となりおどろいている奥さんはサラリーマンと思っていたにと

ひそやかに

唐突に柿の葉ふんわり落ちきたるかそけき音すらたてることなく
ふんわりと落ちたる柿の葉始めからの予定のごとく地に鎮まりぬ

柿枯葉の一夜ひそかに散りいしか今朝は枝のみ広がりており

木の葉など集め燃やすこの匂いあたたかきかな故郷《ふるさと》の香り

枯枝を焚く青き煙のたなびける野辺は愛しき匂にそみぬ

沈黙のミキサー車並ぶ工事場の眠っているごとき日曜日

良き日にて運動会は終りたり人気なき校庭に万国旗ゆるる

側溝の闇より出たいか赤まんまグレーチングより穂先ののぞく

未満児保育　⑵

研修を終えたる二人の保母の言う零歳児とはいたわしきもの

昼ねからさめた三歳児の会話「アカチャンネテルヨ　シイシイダヨ」

ミルク・おやつ・昼食作り・未満児の栄養士忙しまったなしにて

ミルクを飲ませる時刻それぞれなりゼロ歳児らはぐいぐいと飲む

ミルク飲む赤ちゃんに寄り見つめいる先輩顔の二歳の子らは

よく飲みてよく眠りたるゼロ歳児安心しきって笑むは愛しや

市立の二ヵ所にてはじめしゼロ歳児保育はたちまち九人となりぬ

ゼロ歳児の運動会の出しものは這いはい・よちよち歩き・拍手喝采

稲の花

あからひく朝の香りをあやしめば稲穂に白き花の咲き満つ

稲の花なつかしき香をはなちつつ瓔珞のごと揺れゆれ揺れて

首を上げ稲穂の花の咲く信濃　私はここで生れ育った

しろしろと狗尾草《えのころぐさ》の蓬《ほう》けだつあき地をわたる秋じまいの風

狗尾草の葉ずれの音のかすかなりその聞こえくるような絵はがき届く

渓谷ギャラリー

紅葉の始まる山の端照り映ゆる　横川渓谷より空見あぐ

もてなしの「ぞうり五平」のよき香りわずらわしきことみな吹きとんで

山ふかき横川のこの〈渓谷ギャラリー〉に展示する人　守り居る人

ギャラリーはH夫妻に守られて油彩画「切株」今日も堂堂

心よせ十三軒の人暮らすおだやかな里横川集落

自在なり

黄の稲の呼び集めしかこの朝は数多のとんぼ得意げに飛ぶ

蜻蛉らは音もたてずに身を交わし広き稲田を自在にとべる

こがね色に垂るる稲の上をとびすれすれ遊びをしているらしき

熟れ柿の道に潰るる頃となり子猫らいそいそと舐めに通える

顔のよごれ取らんと舌を出し首まわす子猫の懸命助けてやらんか

V

冬の高空

谷うねる

工事場のオレンジ色のミキサー車八台並び冬陽に光る

何よりも野菜煮を好む人あればくつくつくつくつと丸大根煮る

故郷《ふるさと》のバス停留所は闇の中ベテルギウスに今日は会えるか

群青色《ぐんじょう》の天龍川《てんりゅう》の冬の谷うねるを見たり大樹のかなたに

伊那谷を光りてうねる天龍川はわれに向かいて押しよせてくる

梢たかく柿の実透きてきらめくを吸いあげそうな冬の高空

金星は輝きながら冬空を下弦の月と連れだちてゆく

枝を払われ二百歳の樫の幹〈令和〉の世の風に吹かるる

連翹《れんぎょう》の固き蕾の枝先にひらりひとひら黄なる花びら

一つのみ何故に咲きたる連翹かその黄をゆらし雪ふりかかる

「柊をもらいにいくの！」園児らが並んで通る一月三十日《みそか》

父より賜いし

麻酔よりわれを呼びもどす父の声ぬくきひびきを今も忘れず

われを呼ぶ父の声にめざめしより佳きこと多き五十と五年

子どもらの布団に入りて父の読む「ガチャリ！さあ大変」ピノキオの物語り*

*武井武雄著『ピノキオ』

父の声絵と共に今も聞ゆ武井武雄の『ピノキオ』絵本

我家では絵本三冊が宝なり繰り返し読む大人も子どもも

鰤売《ぶりう》りの平作〈山姥《やまんば》〉閉じ込めて……ついにやったり子どもら息をはく

ほっとする子どもらを見て父の笑む「これでおしまい」に眠りつき

片耳を切りおとされし「ほういち*」を思いて子らは天井みつむ

*平家物語より

陽のおちて自転車のライトほのかなり先ず山羊啼きて父を迎える

家族は「みないっしょに暮らす」と父の転任のたび皆を連れゆく

子どもらの名前は『論語』の中にありと諳《そらん》じふ・ふ・ふと父笑う

父の手

皹に膏薬注さんとする父を子らの見守りき顔をゆがめて

皹の深きに膏薬とどくまで息つめ動かぬ父を見守《まも》りき

しびれたる痛みおさまり深呼吸　父を見て子ら笑みあいき

焼け火箸もて膏薬を溶かしつつ付けいし父の顔いまも鮮明

皹になやみし父の手に似たり指四本に包帯をまく

Ⅵ

孫三人

頑張ってね　おばあちゃん

負い紐の間から小さき手を出して「アッチアッチ」と指さしをする

じいちゃんの両側に幼らついて行く朝なあさなの後ろ姿よ

「おはよう！」と柿・梨・りんごに声かくる幼の歩みに付きてわれゆく

苺買い玄関に入れば小さき靴三足並ぶ吾を待つごと

ひとりで着替えたと胸を張る幼子に花丸つける五日目の朝

五歳児はにらみ目あびせチャンネルを我が物にするを覚えたるらし

一年生の「タダイマー」の大声にひと日の安堵の胸なでおろす

ポケットの小石三つはみやげなり富士山・かえる・車のかたち

日中を帰り来し子は汗まみれ菫と韮の花をにぎりて

一位垣根《いちいがき》より背丈のびたる少年のユニフォーム姿の眩しき夏よ

おそろいのユニフォーム着たる一年生兄のあとゆくバット背負いて

幼子はすぽんとうの音たのしみて暮れゆく畑にねぎ坊主摘む

ボクノ　ホウガ　イイオトヨ　とて茜さす夕日の中に摘むねぎ坊主

白かった月が黄になり付いてくると幼子言うにはっと見直す

だんご虫探し回れる子らの声軒下辺りよりやわらに響く

だんご虫捕らえんと子らの話しいる声のはずむにこっそりのぞく

円くなるかわいい虫よと歌いつつ子ら三人が春の土掘る

おばあちゃん頑張ってねと一年生計算カードを並べはじめる

一年生の計算の早さ取る速さ　一回くらいは勝たねばならぬ

髪長き少女はにこりと笑みこぼす雛のあられの香りよろしと

折り紙の焼そばひと盛作り上げ「敬老の日」のプレゼントなり

折紙を細く刻んだ〈盛りそば〉を落語のように食べてみせたり

紅しょうがはサービスですと胸を張る　それはどうもと恐縮をする

頬を染め息をしずめる幼子よ　誉められなわとび五十回もして

ゆりの香のただよいくれば「じいちゃん来てる」と少女つぶやく

東京のみやげは青いストラップ「私とおそろい」と笑顔なり

携帯にスカイツリーのストラップ光りてゆるる取りだすたびに

参加賞はじいちゃんの好きなもの　爪楊枝もらってきたよと高く掲げる

洗剤の量へりたるを知りいしか一年生の選びたる参加賞

委員会・合唱練習・当番と小中学生が霧の中行く
それぞれが役を担える子どもらは朝霧の中をパタパタ駈ける
兄妹のカバン三つが並びゆく楽しきことがありますように

長き髪一つに束ね中学生低音サキソフォン《サックス》をそろりと吹ける

その母と並び芋をつぶす娘もいずれは主婦とならねばならぬ

玄関を陣取っているスニーカー口数減りたる少年の履き行く

かがまりて鴨居をくぐる青年はイヤフォンをつけRap《ラップ》を聞ける

オランダの医学書の名*と教えたり忘るることの多き私に

*『ターヘルアナトミア』

半日も手帖を探しまわりたり　わがポケットにいつ隠れしか

Ⅶ 介護

杖

腰痛の夫歩めりゆっくりとありがたきかな杖と言うもの

腰痛を悩み訪ねし医者五軒　加齢のせいでしょうとも言われたり

コルセット・湿布・沈痛剤と処方さるるが痛みは増せり

体型に合わせ作りしコルセット着けてトイレに通いいし

持ち歩くはがきの角のまるくなる詠草送れぬ介護の日びを

雲

病院*の同意書五枚に印を捺し雨しきりなる街を帰り来

*名古屋市立病院

骨髄の腫瘍を剔出せんとして入院せしが手術はできぬとう

入院の二ヵ月間は検査なり副作用多き薬を使う

早朝の高速バスで通いたる不安な表情の君に声をかけんと

始めての入院なればとまどえる人のくぐもり晴らしてやりたき

投薬の誓約書をついに書きたりと電話の向うの声ゆれている

記録とりきちんと飲めとさまざまな薬を多量にもらい来し

診察に行くも帰るも大事なり息子の車は暗き街中をも走る

孫たちの声聞こゆるはいいものだとコルセット付けつつ呟きぬ

荒あらしき呼吸の朝に救急車の人となりて入院したり　＊輝山会病院

会わせたき人に連絡するようにと言われ胸の苦しさつのる

痰からみ看護師二人が駆けつける気忙しきかな救急病棟

ベッド柵これをはずせよ帰るからと真夜に言いはる　看護師駆け来

特別の室に移りて静かなり景色は良《い》いが君には見えず

ベッド高く君に見ゆるは雲ばかり「怪獣の口あいたぞ　ひよこ」

コンクリートを砕く音のけたたまし「生活の音だ」とベッドの人笑む

八十一歳の君に自分の歯二十本　誠実に生き来しあかしと思う

「売店まで行った夢を見た」目覚めたる人の言葉に胸は病むよ

重篤を脱したる人目を細くあけてつぶやく「おれまた生きちゃった」

排便の順調なれば共どもに心の軽し今日一日は

手を洗うは四ヵ月ぶりと泡立てる楽しそうなる君の横顔

院内を車椅子で回れるに「すまないねもういいよ」と君はつぶやく

見舞いたる息子家族ら小声にて〈ふるさと〉の歌合唱たのし

手をのばし指揮するあなたはうれしそう孫らと小声の合唱しつつ

指揮の手がしだいに高くなって来つうれしき顔の久しぶりなり

見舞いたる家族ら帰る　身を臥せて〈夕やけ小やけ〉を二人で歌う

旅愁

軟らかい軽い靴がよかろうと低くつぶやくベッドの夫は
売店のノートの横にあったのは青ボールペンだったよと言う

杖と靴揃え置けよと確かめて消灯とするか今夜も君は

病院のおやつは安定剤がわり手づくりゼリーのこれの小ささ

靴をはき杖をつきて「ただいま」と家へ帰らんと思《も》いいる人よ

雲見つつ逝きし兄の夢をみる　万に一人の多発性骨髄腫の君

「ちくしょうめ！」上を見たまま吐き捨てる夫に付きそうわが胸痛し

「こうやってこのまま死ぬのか　つまらんな」君のつぶやき聞くは苦しき

付き添いて共に食事のできるのはあと何日か陽は沈みたり

息つくも苦しかりしが吾に返る〈誰れも一度は通るこの道〉

介護は代役のなき舞台なりふんばってゆけよと便りは届く

小康を保てる人のかすれ声〈旅愁〉に小声のわたくし続く

天井を見つめ無念をつぶやける心の痛みわかるわかるよ

存分に泣きつくしてから降りようと涙の止まるを待つ車中にて

張りつめたわが胸の内を刺すごとく孟宗竹鳴る風に打ち合い

舞台はね最終のバスで着きたると夜中に会いて二人の笑顔よ

休日をひたすら介護せし娘　早朝帰る白き月を見ながら

病勢の一進一退の日日なれば介護者われの気力ためさる

〈りんご味〉の今日のおやつを二くちに食べ終え夫はわれにほほえむ

手づくりの小さきむしパン配られて寝《ね》まれる君のほほえむが見ゆ

畑より収穫したるトマトもて栄養士あなたの作りしスープ

あの頃の顔になったと元生徒の栄養士いたく喜びくるる

夫の手の青緑色に浮き出たる血管を見るつくづくと見る

夕ぐれの病棟は寂しさつのるなりオーイオーイと呼ぶ声のする

介護士の来る回数のつとに減り病める孤独を共にかみしむ

確かめて五種類の薬を渡すなり何とも白きその手のひらに

早口の小声で病状を説明し引きさがる看護師の背中見送る

責任は果しましたと言いたげに看護師ピシャリと戸を閉めて去る

ひそやかに息子夫婦を呼び寄せて退院を促すわけを私は知っている

連翹の黄色が今年はあざやかと車椅子の君身をのり出せる

彼の部屋のあの引出しに椿の実三つ入れてあると言う

訪問の入浴介護を受けし夫の疲れたる顔よ風を受けつつ

痰からみ出せぬ苦しきその刻も訪問看護師はついに来る事のなく

多発性骨髄腫万に一人の君ああ雲見つつ逝きし一人

＊ベンズジョーンズ型多発性骨髄腫

見るほどに愛し尊し書き置きの文字ふるえたる「ありがとう」は

ふきの香り

絶対に帰って来ない人と共に火葬場へ向う車にぞ乗る

人居らぬベッドに白きコルセット一つ置かれて夜となりたり

体型に合せ作りしコルセット今日も君なきベッドのあるじ

家移りを四たびせしかど今は亡き夫の連れこし著莪《しゃが》白く咲く

みょうがたけ・のびる・こごみをとりわけ好みしあなたは逝ってしまった

五年前君たずさえ来しポット一つ　勿忘草《わすれなぐさ》は今あふれ咲く

遺影に長くそい居し榊の葉ちらり落ちたり猛暑つづきて

次つぎと花のしおるる祭壇の白ゆりだけ咲く今日また猛暑

法律の上のこととは思えども「除籍」と言うは耳に淋しく

ふきを煮る香りただよい涙あふる「いいにおいだ」と言いし夫はも

Ⅷ　あの子らが

イラスト展

職員室のだるまを毎日見に来し子いま人形師にならんと意気ごむ

「これあげる」ときどき小さき達磨絵を届けてくれし綾君三歳

だるま絵ばかり描きいし幼子はあでやかなイラスト展を今日は開ける

だるま絵ばかり描くよとその母は子をば嘆きしこともありける

修業より帰り来たりと言う君の誠実なるは今も変らず

線一本にも工夫あり青年の個展会場に笑顔あふれて

その雅号「雪夜《ゆきや》」青年の成長の道を見ており今日の個展に

ふっくらとした狐《きつね》の顔の「玉ちゃん」をさらりと描きたる北原雪夜

六十余年間の年賀状

賀状のみで繋《つなが》っている佐知代さん　来訪とありわが胸逸《はや》る

年賀状六十余年欠かさねば今どうしているかわかる気のして

保育園児だった子どもら訪ねきぬ六十余年をひょいととび越え

五月には六十五歳　誕生日は近しと言いてほほえむ

園児のころすらり細身のたけみさんふっくらまるい主婦となり

わが町に嫁ぎ来たりてたけみさん民生委員をつとめいるとよ

幼き日絵本の象を哀れみて泣き出した拓也君から突如の便り

難かしき連載ものを新聞に読みてあの君に思いをはせる

なにくれと心を寄せてくれし人　おくやみ欄にその名を見出《い》ず

喪主の名はあのまる顔の聡太君それそれそれと過ぎたる日日よ

青年となりたる君に会わねども家業を継ぐべき人にしあらん

Ⅸ　風によす

百歌を唄う

いっせいに竹林かぜに葉を返し前のめりなり二度も三度も

竹林を舐めるように吹く颪は天龍川へと急ぎゆくらし

孟宗の藪をいっきに波うたせ過ぎゆく風に乗るてはなきか

姿なき台風なれば耳すます　いよいよきたかと心しずめて

眼ざめいるわれに何を言いたきかケーブル鳴らす夜半《やはん》の風は

うばたまの闇をつっきり過ぎたるは悲しみを運びゆく風ならん

ケーブルを唸らせ風は真夜を吹くわが哀しみも吹きとばさんか

無言にて花の畑の草を引くときしもそよろと風の吹きくる

屋根上にうなりてありしおお風は偵察すんだかついと去りたり

色も香も姿さえなき風なれど百歌を唄う千歌を歌う

あとがき

保育園の仕事・家事・子育て・あまり丈夫でない自分の体を思い岐路に立ったとき、「これからは女も自分の仕事を持って、一人でも生きてゆけるようにしていかないとだめだよ、応援するからね。」と明治生れの御嬢様育ちだった母に言われ、背筋を正す思いで納得しました。

保育の専門学校へ行かせてもらっていました。就職のことを考えるようになった頃、下伊那郡売木村の松村伊八村長が、村の幼児教育をすすめたいから、卒業したらぜひ来てもらいたいと、学院へ来て下さったそうです。私は全く知りませんでしたが、「山の奥の方らしいけれど、行ってあげなさいよ、二度もここまで来て下さったんですよ。」と根岸草笛学院長に勧められその気になりました。それから退職するまでの三十八年間に頂いた辞令には十一人の長のお名前がありました。

それ以降、定年退職するまで、大変大勢の方がたにお世話になってきました。ありがとうございました。感謝しています。

たくさんの保育園があり、転勤で計十二園で勤務しましたが、それぞれの出合いがありそれぞれの思い出でいっぱいです。

無我夢中で生きてきた気がするけれど、私ってどんなふうに歩いて来たのでしょう。

八十歳をすぎたので、人生の締め括りとして自分の来た道を振り返ってみることにしました。

幸い高校で短歌を学んだ頃から、自分流で歌らしきものをつくっていましたので、それを元にして思い出しつつ歌集としてまとめました。

二十歳の頃、藤瀬あきら氏のお世話により斎藤史の「原型」短歌会へ入れていただきました。歌会には参加できないので専ら通信添削で、史先生は元より大勢の先生方に添削していただきました。

「原型」は六百十二号で終刊になりました。さて私はどうしたものかと思っていましたところ、久保田幸枝先生の「おがたま」に誘っていただき、その後、秋元千惠子先生の「ぱにあ」に入りました。現在は「ぱにあ水曜短歌会」で久保田先生にお世話になっています。

今回初めての出版となり、わからないことばかりの中、清水史郎様、清水宙志様にお世話になりました。

秋元千恵子先生、久保田幸枝先生、洪水企画様、そして兄弟や親戚の方がた大変お世話になりました。

私の歌集づくりにお力添えをいただきましてありがとうございました。

御礼申し上げます。

今後も短歌といっしょに過したいと思っています。

令和三年四月吉日

泉　遥

◉ 著者略歴

泉　遥（いずみ　はるか）

本名　中村景子（なかむらけいこ）
1938年（昭和13年）長野県会地村生まれ。
1959年　長野県保育専門学院卒業
1959年から1997年まで保育士として勤務
現住所　〒395-0004 長野県飯田市上郷黒田1449-6

◉ カバー絵・カット・画家略歴

清水史郎（しみず　しろう）

1945（昭和20）年、長野県飯田市生れ。日本画家
東京芸術大学卒業。新制作展創画会展に出品後
現在無所属

歌集

私の来た道

風　の　音

著　者　泉　遥

発行日　2021 年 4 月 18 日

発行者　池田康

発　行　洪水企画

〒 254-0914 神奈川県平塚市高村 203-12-402

TEL&FAX 0463-79-8158

http://www.kozui.net/

装　画　清水史郎

印　刷　モリモト印刷株式会社

ISBN978-4-909385-25-3

Printed in Japan